LE CASTOR QUI TRAVAILLAIT TROP FORT

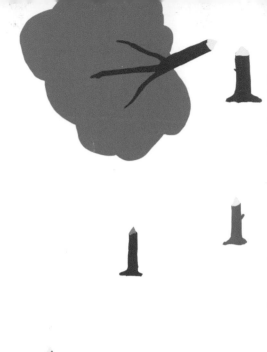

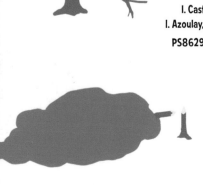

À John, Chris et Jeremy

Édition publiée par les Éditions Scholastic,
604, rue King Ouest, Toronto (Ontario) M5V 1E1,
avec la permission de Kids Can Press Ltd.

5 4 3 2 1   Imprimé à Singapour CP130   11 12 13 14 15

Les illustrations de ce livre ont été faites à l'aide de Photoshop.
Le texte a été composé avec les polices de caractères Animated Gothic et Handysans.
Conception graphique de Marie Bartholomew et Julia Naimska

Catalogage avant publication de Bibliothèque et Archives Canada

Oldland, Nicholas, 1972-
[Busy beaver. Français]
Le castor qui travaillait trop fort/ Nicholas Oldland ;
texte français de Claudine Azoulay.

Traduction de: The busy beaver.
Pour les 3-8 ans.
ISBN 978-1-4431-1158-4

1. Castors--Romans, nouvelles, etc. pour la jeunesse.
I. Azoulay, Claudine II. Titre. III. Titre: Busy beaver. Français.

PS8629.L46B8814 2011   jC813'.6   C2011-901594-3

FSC
www.fsc.org
MIXTE
Papier issu
de sources
responsables
FSC® C019704

LE CASTOR QUI TRAVAILLAIT TROP FORT

Nicholas Oldland

Texte français de Claudine Azoulay

Éditions
SCHOLASTIC

Il était une fois un castor qui travaillait tellement qu'il ne réfléchissait pas toujours à ce qu'il faisait.

La négligence de ce castor commençait à devenir un problème. Ses barrages fuyaient, il laissait en plan des arbres à moitié rongés et, pire encore, il en abattait plus que nécessaire. La forêt était dans un état lamentable.

Le plus grave peut-être, c'est que le castor réfléchissait
si peu qu'un arbre tomba sur la tête d'un ours!

Il rongea même la patte d'un orignal qu'il avait prise pour un tronc. Le castor était à ce point insouciant!

Un accident terrible
allait arriver...
C'était inévitable.

CRAC!

Ce jour-là, alors que, toujours sans réfléchir, le castor est occupé à ronger un tronc, l'arbre lui tombe dessus.

Le castor se réveille à l'hôpital, avec la queue tordue,
deux pattes cassées, trois côtes fêlées, quatre gros bleus,
cinq doigts foulés, six orteils croches, sept petites coupures,
huit vilaines égratignures, neuf muscles endoloris
et dix méchantes échardes.

Il a passé toute sa vie à ronger, à nager et à construire.
Il n'est jamais resté assis tranquille un seul instant.
Et le voilà qui peut à peine se gratter le nez!

Au début, le castor ne peut rien faire d'autre que de fixer le plafond.

Mais petit à petit,
il commence à
aller mieux.

Il se repose beaucoup
et reprend des forces.

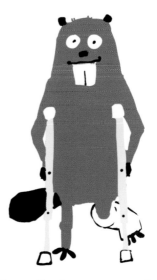

Peu de temps après,
il arrive à marcher
avec des béquilles.

Clopin-clopant, le castor réussit à s'approcher de la fenêtre. Pour la première fois, il remarque l'état lamentable de la forêt : les fuites de son barrage, les arbres à moitié rongés, les pansements de ses amis et une famille d'oiseaux sans abri.

Il prend alors conscience
de tout le travail qui l'attend.

Le lendemain, le castor se lance dans un programme de réadaptation rigoureux.

Il se remet debout...

fait beaucoup de yoga...

et soulève des haltères.

Il profite de cette période pour
mettre ses connaissances à jour...

et apprendre à dire
« excuse-moi ».

Il récupère rapidement
et le voilà prêt à rentrer
chez lui.

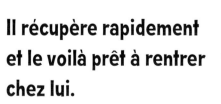

Les amis du castor sont inquiets de le voir de retour dans la forêt. Malgré cela, le castor se remet tout de suite au travail.

Avant commencer, cependant,
il inspecte l'arbre avec soin...

vérifie s'il y a des
animaux qui risquent
d'être blessés...

et transporte en lieu sûr
une chenille apeurée.

Puis il décide de construire un nouveau
nid à la famille sans abri.

EXCUSEZ-MOI, LES AMIS.

Le castor s'excuse auprès de ses amis d'avoir été négligent et d'avoir causé autant de dégâts.

Pour montrer sa bonne foi, il fabrique un vase qu'il offre à l'ours.

Et il construit un canot pour l'orignal.

La dernière tâche du castor consiste à nettoyer
le fouillis qu'il a fait dans la forêt.

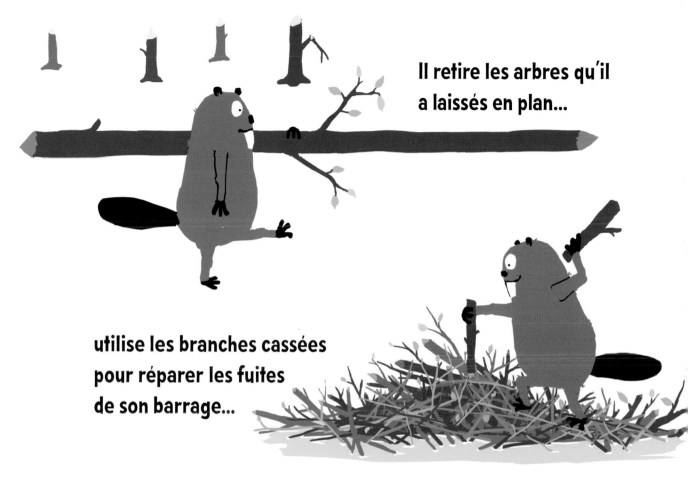

Il retire les arbres qu'il
a laissés en plan...

utilise les branches cassées
pour réparer les fuites
de son barrage...

et plante de jeunes
arbres pour remplacer
ceux qu'il a abattus.

À présent, la forêt a meilleure allure. Tout le monde est plus heureux, y compris le castor.

Une fois son travail terminé, le castor se demande ce qu'il pourrait faire de plus. Il trouve plein d'idées en se couchant ce soir-là.

Il pourrait prendre un cours de construction de barrages...

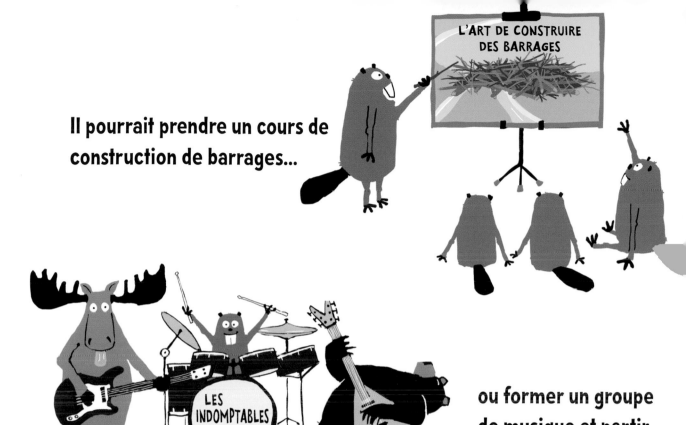

L'ART DE CONSTRUIRE DES BARRAGES

LES INDOMPTABLES

ou former un groupe de musique et partir en tournée...

ou encore faire plus de siestes. Cette idée est sa préférée.

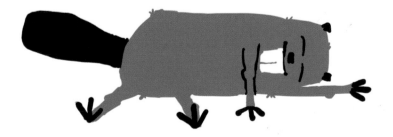

Faire du bon travail, c'est épuisant! Dans un bâillement, le castor pose sa tête sur un coussin de feuilles moelleux et il s'endort aussitôt.

Il ne lui reste plus qu'une tâche : rêver.